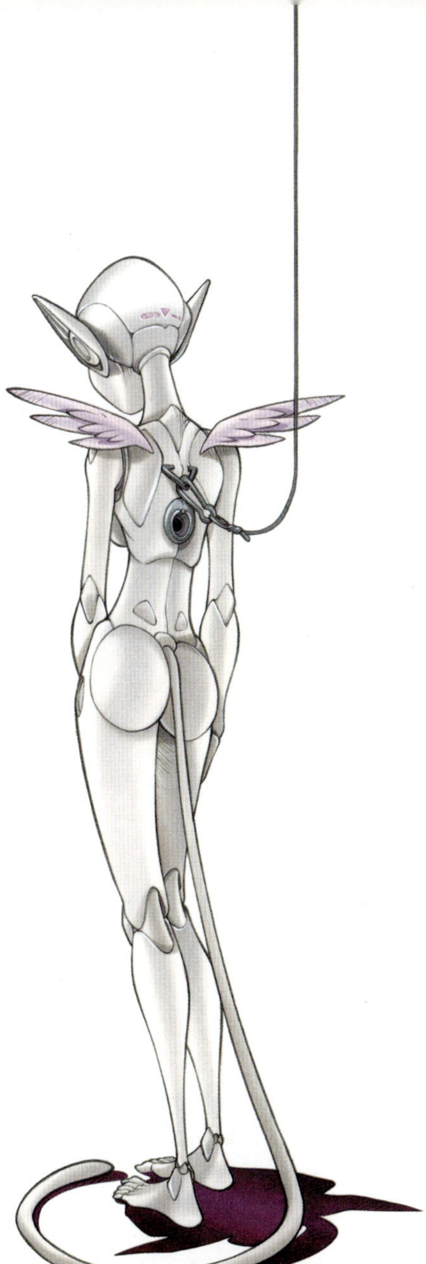

# SKY·DOLL

## 1: DIE GELBE STADT

Text:

**BARBUCCI & CANEPA**

Zeichnung:

**BARBUCCI**

Farben:

**CANEPA**

Textbearbeitung:

**FRANCESCO ARTIBANI**

CARLSEN COMICS

... für Daniela, »Mater Intermerata«
Barbara Canepa

... für die Madonna von Las Vegas
Alessandro Barbucci

Wir danken Katja Centomo, die uns unter ihre heilige Fittiche genommen hat, Stefano Enna, der uns eine Päpstin schenkte und Matteo de Benedittis, der das Logo entworfen hat.

# SKY·DOLL

**CARLSEN COMICS**
1 2 3 4 06 05 04 03

Aus dem Französischen von Marcel Le Comte
Sky Doll – La ville jaune

Redaktion: Antje Gürtler
Lettering: Delia Wüllner
Herstellung: XiMOX!, Bielefeld
Druck und buchbinderische Verarbeitung:
Norma Serveis Gràfics (Barcelona/Spain)

Diesen Band gibt es mit zwei verschiedenen Covern
ISBN: 3-551-76741-8 (Originalausgabe)
ISBN: 3-551-74200-6 (Variantausgabe)
Printed in Spain
**www.carlsencomics.de**

ÄH... GUTEN TAG, GOTT! HAST DU EINEN MOMENT ZEIT?
1

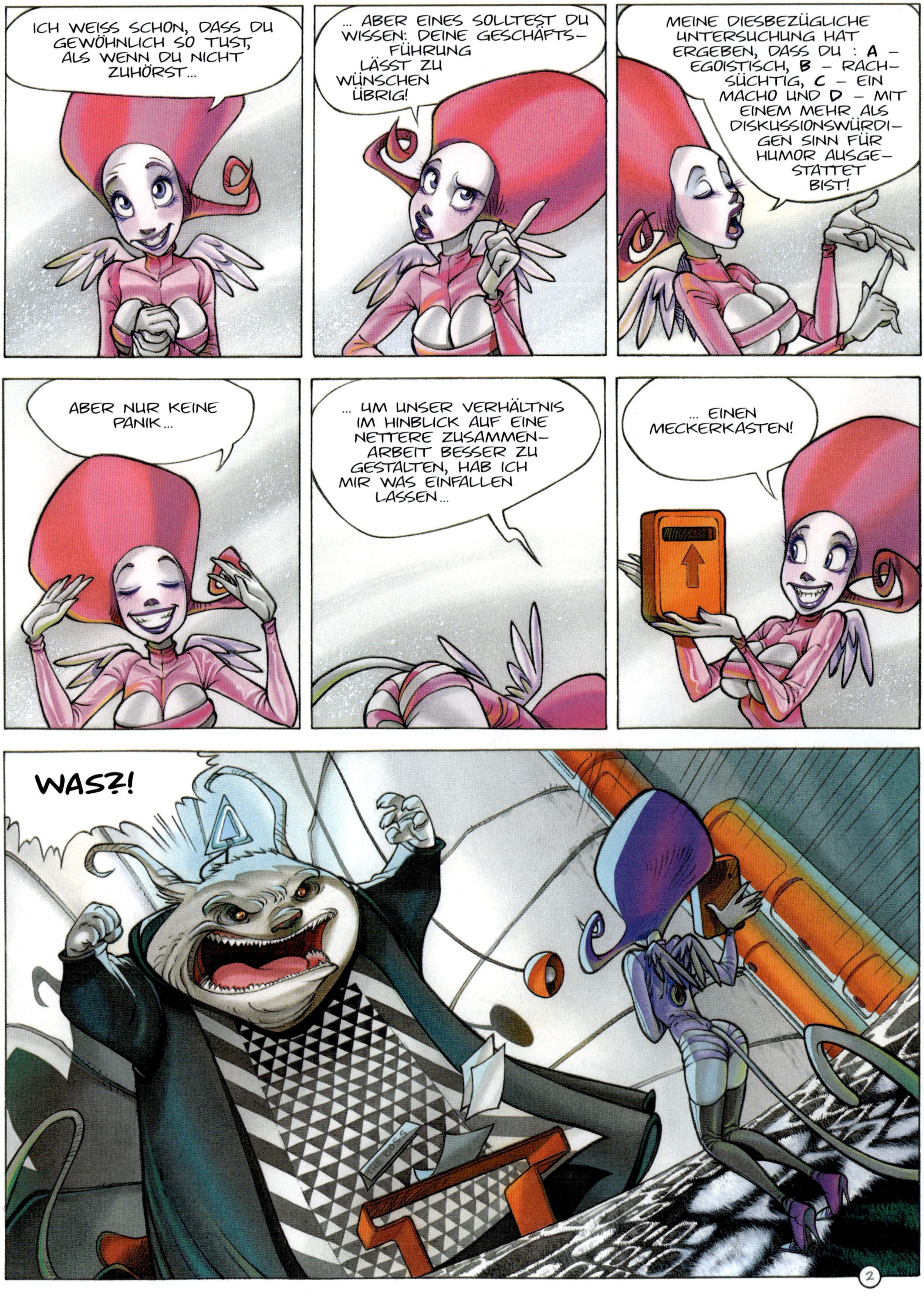
ICH WEISS SCHON, DASS DU GEWÖHNLICH SO TUST, ALS WENN DU NICHT ZUHÖRST...
... ABER EINES SOLLTEST DU WISSEN: DEINE GESCHÄFTSFÜHRUNG LÄSST ZU WÜNSCHEN ÜBRIG!
MEINE DIESBEZÜGLICHE UNTERSUCHUNG HAT ERGEBEN, DASS DU : A – EGOISTISCH, B – RACHSÜCHTIG, C – EIN MACHO UND D – MIT EINEM MEHR ALS DISKUSSIONSWÜRDIGEN SINN FÜR HUMOR AUSGESTATTET BIST!
ABER NUR KEINE PANIK...
... UM UNSER VERHÄLTNIS IM HINBLICK AUF EINE NETTERE ZUSAMMENARBEIT BESSER ZU GESTALTEN, HAB ICH MIR WAS EINFALLEN LASSEN...
... EINEN MECKERKASTEN!
WAS?!
THE BOSS
2

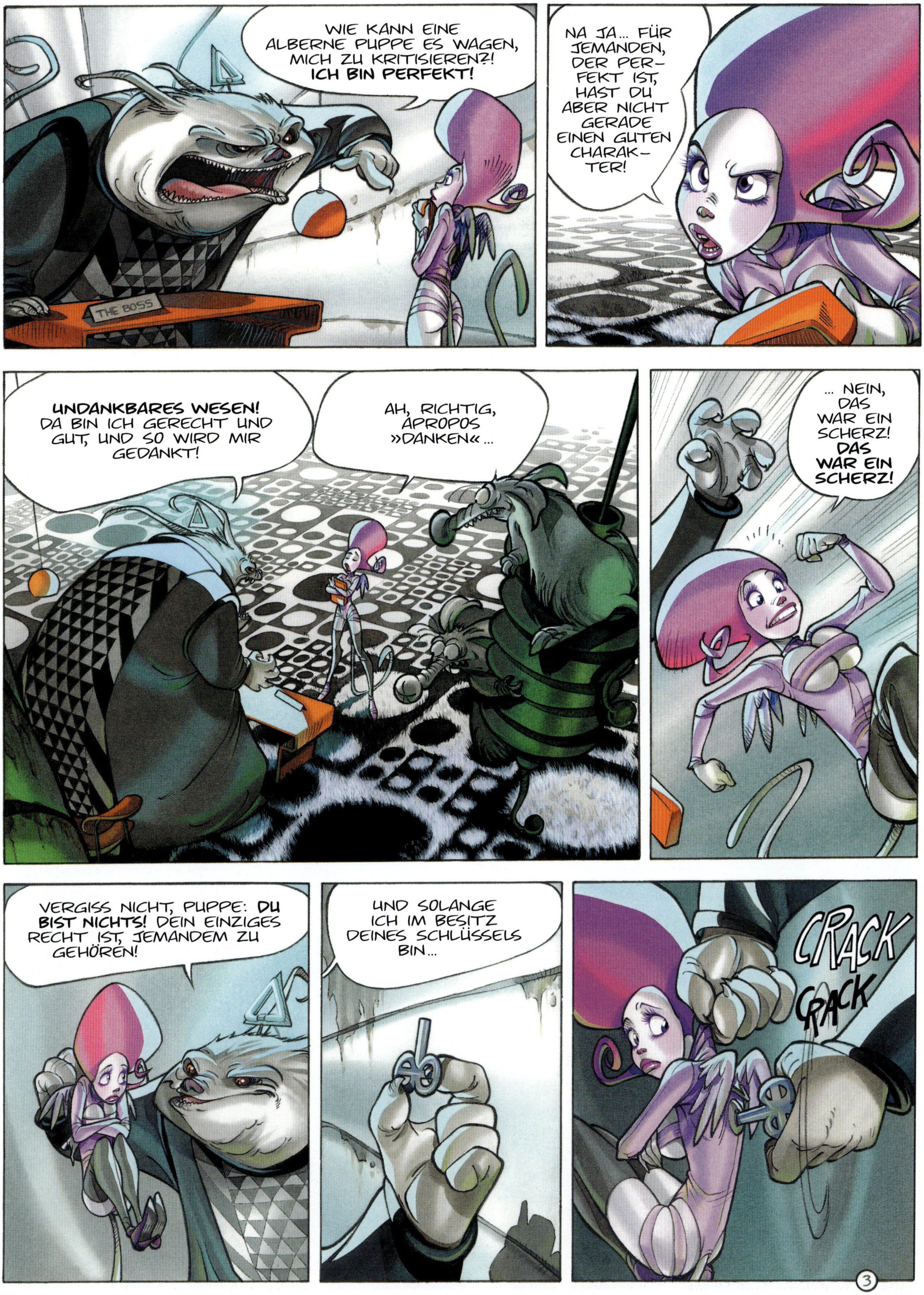
WIE KANN EINE ALBERNE PUPPE ES WAGEN, MICH ZU KRITISIEREN?! **ICH BIN PERFEKT!**
THE BOSS
NA JA... FÜR JEMANDEN, DER PERFEKT IST, HAST DU ABER NICHT GERADE EINEN GUTEN CHARAKTER!
**UNDANKBARES WESEN!** DA BIN ICH GERECHT UND GUT, UND SO WIRD MIR GEDANKT!
AH, RICHTIG, APROPOS »DANKEN«...
... NEIN, DAS WAR EIN SCHERZ! **DAS WAR EIN SCHERZ!**
VERGISS NICHT, PUPPE: **DU BIST NICHTS!** DEIN EINZIGES RECHT IST, JEMANDEM ZU GEHÖREN!
UND SOLANGE ICH IM BESITZ DEINES SCHLÜSSELS BIN...
CRACK
CRACK
3

... GEHÖRST DU MIR!
CLUMP
DUO
THE BOSS
UND ...? ES HAT NICHT GEKLAPPT, ODER?
DABEI WAR ICH SO SICHER, DASS ES EINE GUTE IDEE IST!
KOMM, NOA! SO SCHLECHT IST ES HIER JA AUCH WIEDER NICHT!
BEIM »VAMPIRE VIXENS« WAR'S SCHLIMMER!
4

ICH FINDE, IM GRUNDE HABEN WIR'S GUT. SYMPATHISCHE KUNDEN, KEINE SORGEN...
... WAS KANN MAN MEHR ERWARTEN?
DAS IST ES JA GERADE! ÜBERHAUPT KEINE SORGEN...
LOULOU
... ABER WARUM BIN ICH DANN NICHT SO GLÜCKLICH WIE DIE ANDEREN?
5

DAS IST SIE.
SIE IST DA!
HEAVEN
spaceshipwash
STOP
STOP
WASH
6

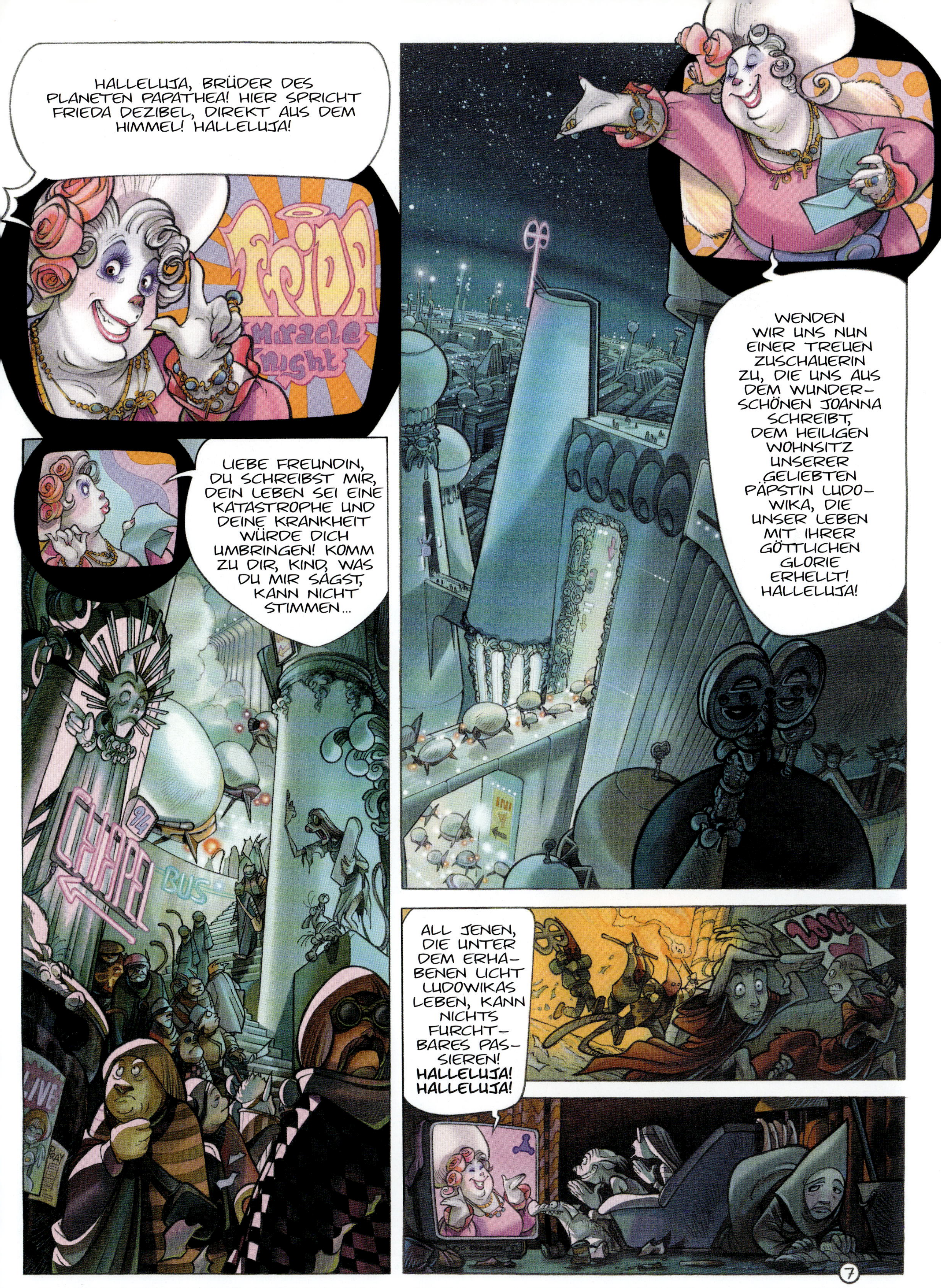

HALLELUJA, BRÜDER DES PLANETEN PAPATHEA! HIER SPRICHT FRIEDA DEZIBEL, DIREKT AUS DEM HIMMEL! HALLELUJA!
Frida
Miracle night
LIEBE FREUNDIN, DU SCHREIBST MIR, DEIN LEBEN SEI EINE KATASTROPHE UND DEINE KRANKHEIT WÜRDE DICH UMBRINGEN! KOMM ZU DIR, KIND, WAS DU MIR SAGST, KANN NICHT STIMMEN...
CHAPEL
BUS
LIVE
PRAY
WENDEN WIR UNS NUN EINER TREUEN ZUSCHAUERIN ZU, DIE UNS AUS DEM WUNDER-SCHÖNEN JOANNA SCHREIBT, DEM HEILIGEN WOHNSITZ UNSERER GELIEBTEN PÄPSTIN LUDO-WIKA, DIE UNSER LEBEN MIT IHRER GÖTTLICHEN GLORIE ERHELLT! HALLELUJA!
ALL JENEN, DIE UNTER DEM ERHA-BENEN LICHT LUDOWIKAS LEBEN, KANN NICHTS FURCHT-BARES PAS-SIEREN! **HALLELUJA! HALLELUJA!**
LOVE
7

DIES IST DAS KÖNIGREICH DER FREUDE... VOR ALLEM, SEIT DIE HEILIGE MUTTER IN IHRER UNENDLICHEN GÜTE NIEMANDEN MEHR VERDAMMT, DER MIT EINER PUPPE GESÜNDIGT HAT!
COME & PRAY
CHURCH
HOT
UND ES IST NUR EINE PUPPE, WENN ES EINE ORIGINALE SKY-DOLL IST...
LOVE
SALES
NO SIN
... WIE JENE, DIE SIE IN DER ASTROWASCHSTRASSE **HEAVEN** ERWARTEN, UM IHREN RAUMGLEITER ZU PUTZEN! HALLELUJA, BRUDER, ES IST KEINE SÜNDE MEHR!
TRINI teevee
HEAVEN
spaceshipwash
MMMH... DAS IST MAL 'NE GUTE IDEE!
DU MACHST SCHERZE, HOFFE ICH!
HEY, WIR SIND AUF DIPLOMATISCHER MISSION IM AUFTRAG DER PÄPSTIN! DU WILLST JA WOHL NICHT MIT SO 'NEM DRECKIGEN SCHIFF AUFBRECHEN?!
ICH VERSTEHE, ES GEHT DIR UM SAUBERKEIT! ICH DACHTE SCHON, DU HÄTTEST INTERESSE AN DEN PUPPEN, DIE SICH AUF DER WINDSCHUTZSCHEIBE RÄKELN!
8

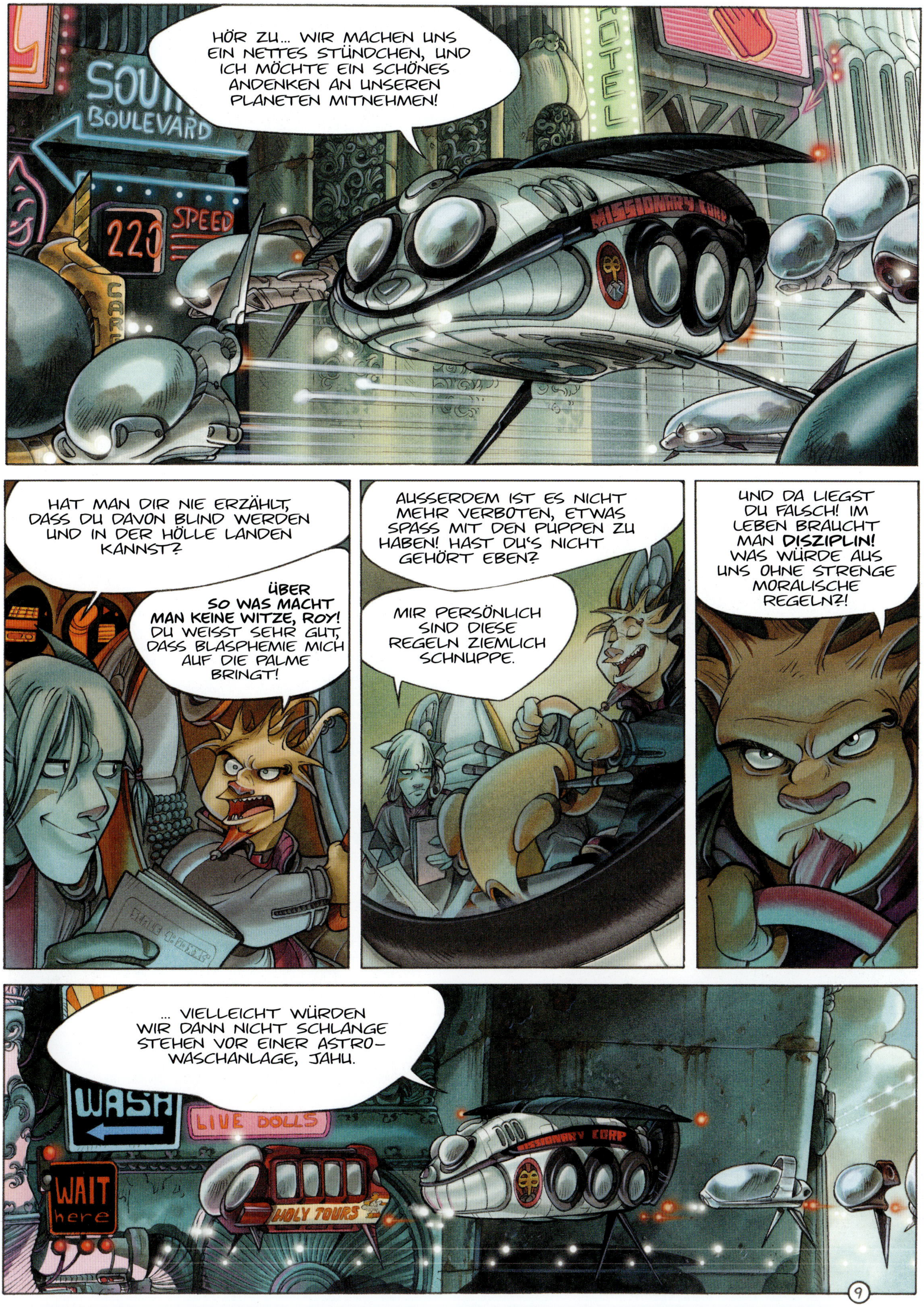
HÖR ZU... WIR MACHEN UNS EIN NETTES STÜNDCHEN, UND ICH MÖCHTE EIN SCHÖNES ANDENKEN AN UNSEREN PLANETEN MITNEHMEN!
BOULEVARD
220 SPEED
HOTEL
MISSIONARY CORP
HAT MAN DIR NIE ERZÄHLT, DASS DU DAVON BLIND WERDEN UND IN DER HÖLLE LANDEN KANNST?
ÜBER SO WAS MACHT MAN KEINE WITZE, ROY! DU WEISST SEHR GUT, DASS BLASPHEMIE MICH AUF DIE PALME BRINGT!
AUSSERDEM IST ES NICHT MEHR VERBOTEN, ETWAS SPASS MIT DEN PUPPEN ZU HABEN! HAST DU'S NICHT GEHÖRT EBEN?
MIR PERSÖNLICH SIND DIESE REGELN ZIEMLICH SCHNUPPE.
UND DA LIEGST DU FALSCH! IM LEBEN BRAUCHT MAN DISZIPLIN! WAS WÜRDE AUS UNS OHNE STRENGE MORALISCHE REGELN?!
... VIELLEICHT WÜRDEN WIR DANN NICHT SCHLANGE STEHEN VOR EINER ASTRO-WASCHANLAGE, JAHU.
WASH
LIVE DOLLS
WAIT here
HOLY TOURS
MISSIONARY CORP
9

DER NÄCHSTE!
DAS SCHIFF GEHÖRT DIR!
IST GUT, IST GUT! ICH GEH JA SCHON...
WARTEN WIR AUCH IN DER RICHTIGEN SCHLANGE, UM DER PRÄSENTATION DER HEILIGEN EINBALSAMIERTEN RELIQUIE BEIZUWOHNEN?
ICH DENKE DOCH, EMINENZ! DIESE STADT IST SO GROSS...
SEHT DOCH! EINE ENGELSVISION EILT UNS ZU HILFE!
GUTEN TAG, MEINE HÜBSCHEN! VOLLER SERVICE?
ABER SCHLIESST ERST MAL EUER FENSTER. HIER WERDE NUR ICH ALLEIN NASS!
HINFORT, SCHÄNDLICHE VERFÜHRERIN!
VNNNNN!..
CLUMP
FAHR WEITER, ABER SCHNELL!
HE! MEIN SCHWAMM!
10

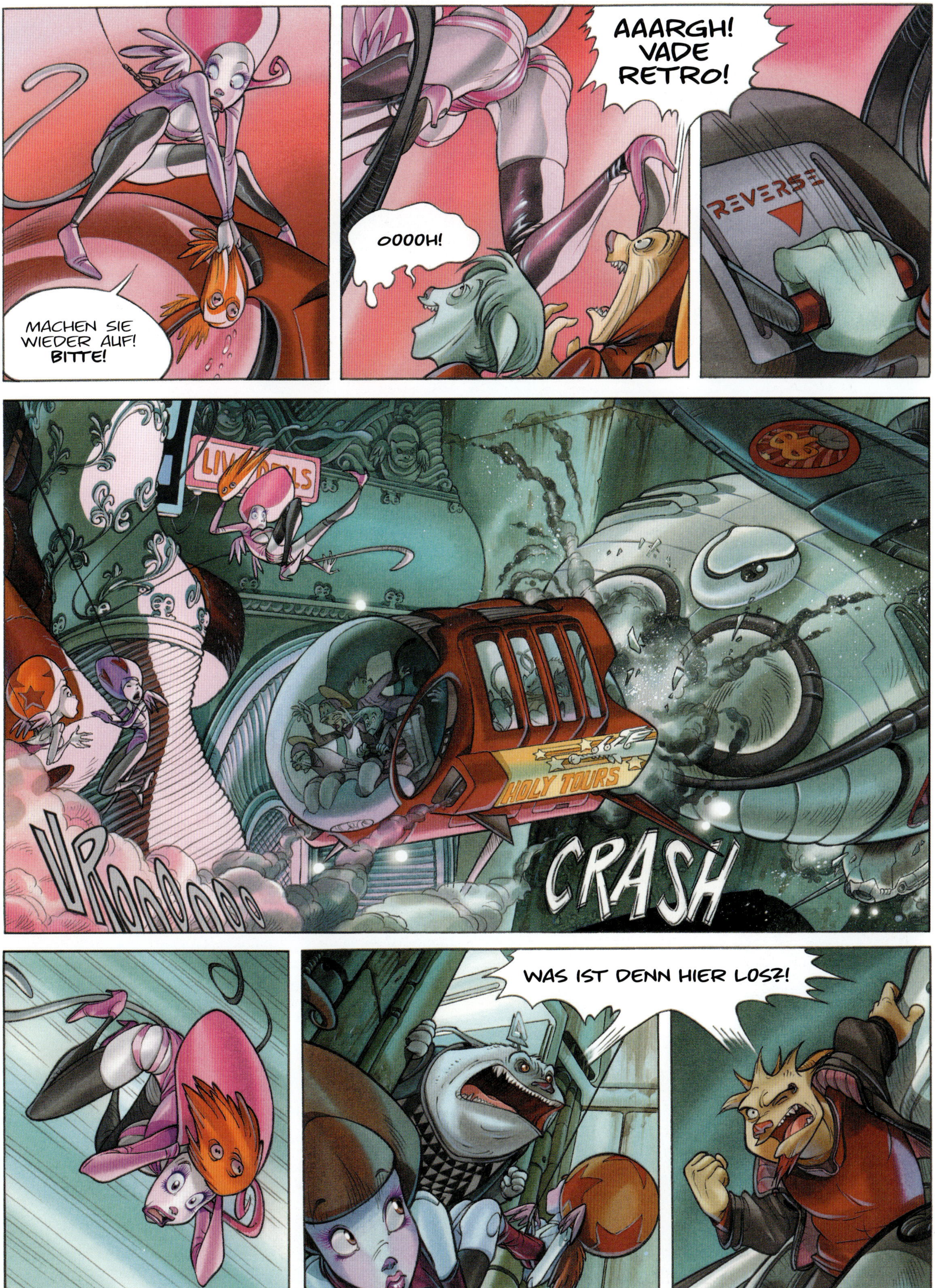
MACHEN SIE WIEDER AUF! BITTE!
AAARGH! VADE RETRO!
OOOOH!
REVERSE
HOLY TOURS
CRASH
WAS IST DENN HIER LOS?!

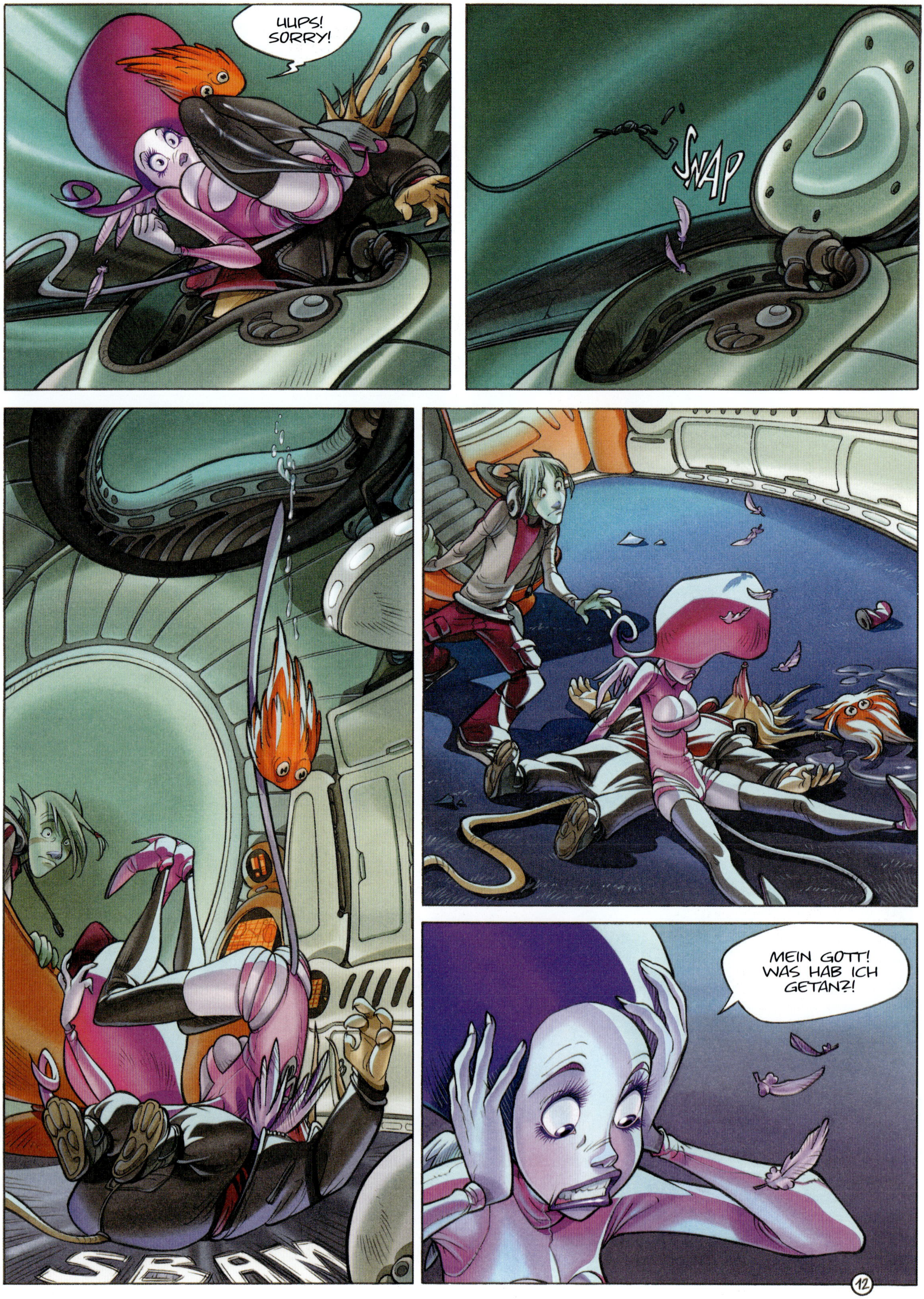
UUPS!
SORRY!
SNAP
SBAM
MEIN GOTT!
WAS HAB ICH
GETAN?!
12

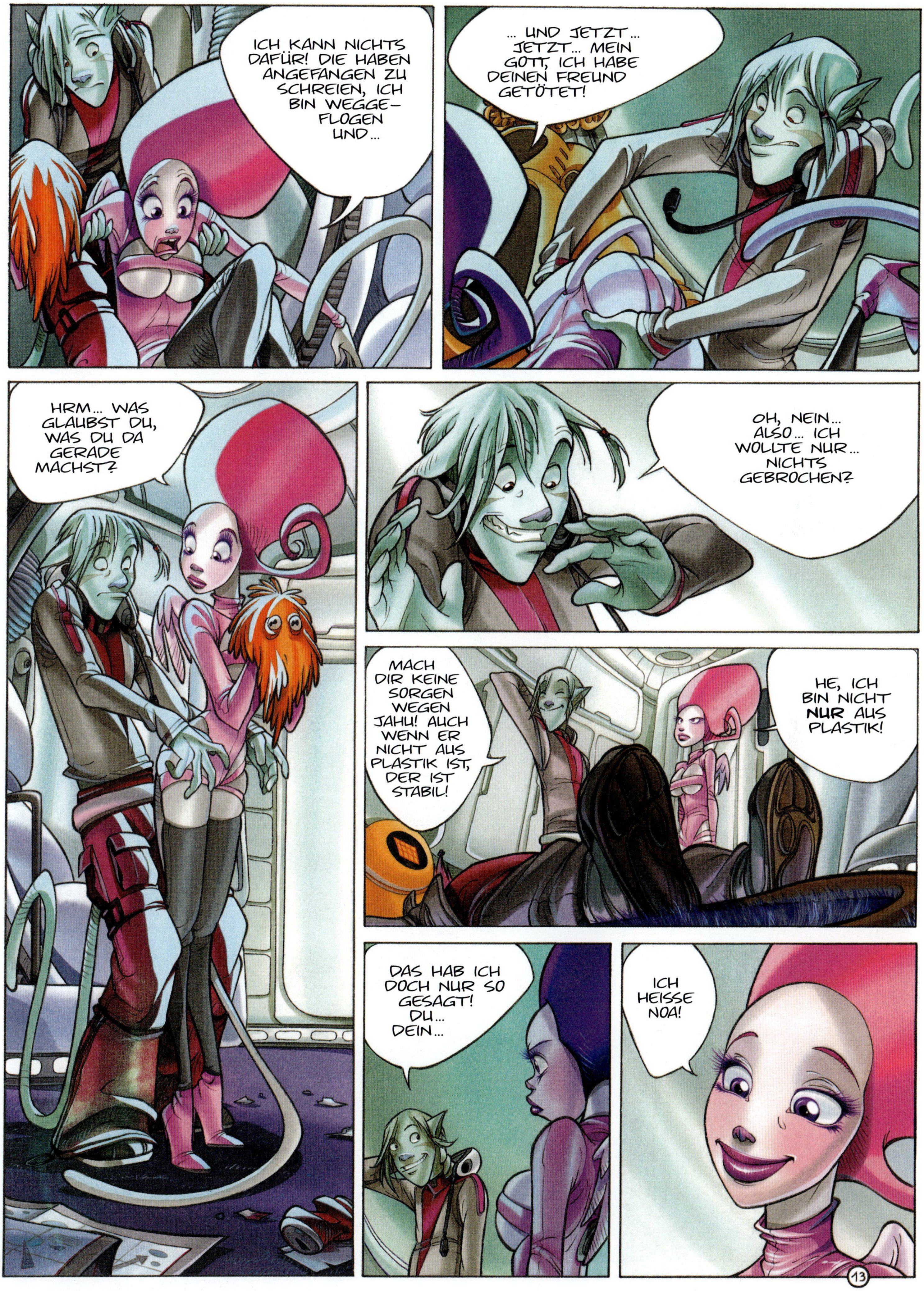
ICH KANN NICHTS DAFÜR! DIE HABEN ANGEFANGEN ZU SCHREIEN, ICH BIN WEGGE-FLOGEN UND...
... UND JETZT... JETZT... MEIN GOTT, ICH HABE DEINEN FREUND GETÖTET!
HRM... WAS GLAUBST DU, WAS DU DA GERADE MACHST?
OH, NEIN... ALSO... ICH WOLLTE NUR... NICHTS GEBROCHEN?
MACH DIR KEINE SORGEN WEGEN JAHU! AUCH WENN ER NICHT AUS PLASTIK IST, DER IST STABIL!
HE, ICH BIN NICHT **NUR** AUS PLASTIK!
DAS HAB ICH DOCH NUR SO GESAGT! DU... DEIN...
ICH HEISSE NOA!
13

ANGENEHM! ICH HEISSE ROY!
BOAH! DEINE HAND IST ABER WEICH!
WAS GLAUBST DU DENN! FÜHL ERST MAL MEINE...
HE, DICKWANST! WAS MACHST DU DA?
JUNGER MANN, WENN DU MIT EINER PUPPE SPIELEN WILLST, KAUF DIR EINE!
14

AN DEINER STELLE WÜRD ICH NICHT SO MIT EINEM GESANDTEN VON PÄPSTIN LUDOWIKA REDEN!
SCHON GUT... EINE GRATISWÄSCHE FÜR DEN HELDEN!
WAS? DAVON HAB ICH DOCH GAR NICHT GERE- DET...
WAS DICH ANGEHT, DU VERDIENST EINE SCHÖNE, GÖTTLICHE STRAFE!
UOH... HAB ICH WAS VERPASST?
NICHTS BESONDERES... VERLASSEN WIR DIESEN VERDAMMTEN ORT!
15

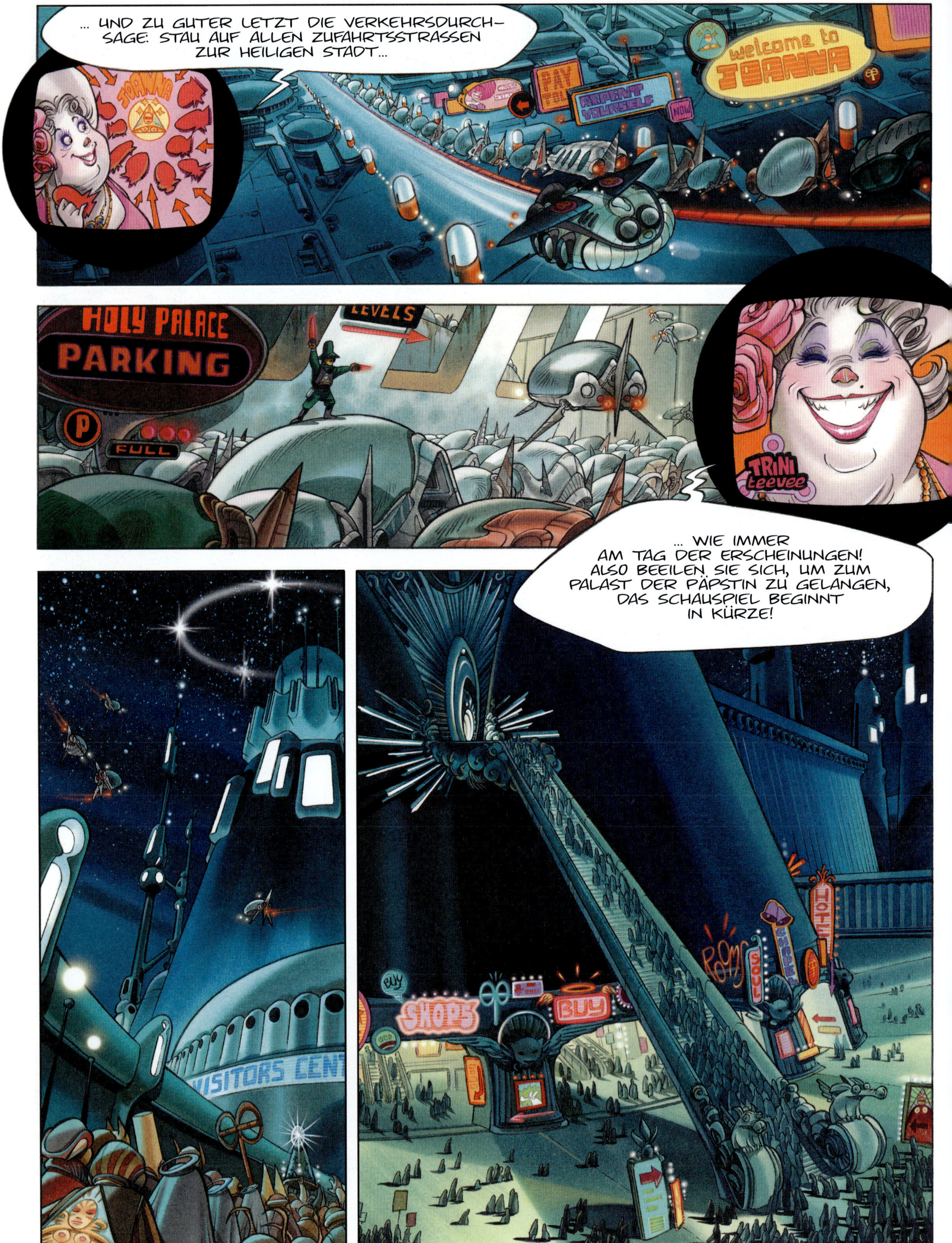
... UND ZU GUTER LETZT DIE VERKEHRSDURCHSAGE: STAU AUF ALLEN ZUFAHRTSSTRASSEN ZUR HEILIGEN STADT...
welcome to JOANNA
REPENT YOURSELF
NOW
HOLY PALACE PARKING
LEVELS
FULL
TRINI teevee
... WIE IMMER AM TAG DER ERSCHEINUNGEN! ALSO BEEILEN SIE SICH, UM ZUM PALAST DER PÄPSTIN ZU GELANGEN, DAS SCHAUSPIEL BEGINNT IN KÜRZE!
VISITORS CENT
SHOPS
BUY
16

ZURÜCK, IHR TROTTEL!
DER SAAL DER VISIONEN IST PROPPEVOLL!
GNADE! WIR SIND VIELE KILOMETER GEFAHREN, UM HIERHER ZU KOMMEN!
... DIE LETZTEN BEIDEN SIND WIR AUF DEN KNIEN GERUTSCHT!
... EUER PECH! DIE ERSCHEINUNG HAT SCHON BEGONNEN!
THE PAPESSE IS OUT IN
HEIL DIR, O LUDOWIKA! ZEIGE DICH!
17

SHHAAAA
ENDLICH, DAS WUNDER!
HALLELUJA!
MÖGE DEIN BLUT FÜR UNS FLIESSEN!
O HEILIGE MUTTER!
GÖTTLICHER DRACHE!
DIE DELIRIUMQUOTE HAT STUFE 32 ERREICHT! MACHEN WIR WEITER?
ICH DENKE, ES REICHT JETZT, ODER?
DIESES SPEKTAKEL IST EKELIG!
18

FILE : BLOOD
SPRINKLING
OPERATIVE
FILE :
EFFECT :
ON
ZAP
WAMP
WÄHLE MICH!
NEIN, MICH!
GEWÄHRE MIR DAS EWIGE FEUER!
AUCH ICH WILL IN DEINEM LICHT VERGLÜHEN!
19

DAS IST GENUG. STOPP!
UFF...
KLATSCH KLATSCH KLATSCH
FSSSSS.
20

IHR WART GROSSARTIG! HERRLICH!
WELCHE MEISTERSCHAFT! WELCH CHARISMA!
... UND WAS FÜR EIN ERFOLG! MIT DER HEUTIGEN ERSCHEINUNG SIND EURE VERLEUMDER DEFINITIV KONVERTIERT!
LEIDER REICHT DAS NICHT! TROTZ DIESER WELLE VON ERSCHEINUNGEN UND WUNDERN BEFINDET SICH EURE POPULARITÄT IN FREIEM FALL! DIE FANATIKER DER **NEUEN KIRCHE DER UNBEFLECKTEN PÄPSTIN AGAPE** PROFILIEREN SICH ALS FRÖMMLER!
DIESE KLEINE SCHLAMPE AGAPE! WIR VERFOLGEN IHRE ANHÄNGER SEIT JAHREN UND NOCH IMMER KONNTEN WIR SIE NICHT VON PAPATHEA VERJAGEN!
SIE SIND WEIT BESSER ORGANISIERT, ALS WIR DACHTEN!
WENN WIR WENIGSTENS HAND AN IHREN FÜHRER LEGEN KÖNNTEN...
UNS BLEIBT EINE HOFFNUNG: **DIE AQUA-MISSION!** WIR RECHNEN MIT EINEM MARKTANTEIL VON 98 PROZENT UND ZWANZIG MILLIONEN KONTAKTEN! DAS WÄRE EIN ENORMER ERFOLG!
BESSER WÄR'S FÜR EUCH, IHR UNFÄHIGEN TROTTEL!
NUR GUT, DASS DU NOCH AN MEINER SEITE WEILST, MEIN TREUES **GENIE DER WUNDER!**
OFF
OFF
21

DER EINZIGE, DEM ES STETS GELINGT, MICH VOLLAUF ZU BEFRIEDIGEN...
... WENN IHR WISST, WAS ICH MEINE!
BITTE KEINE WEITEREN DETAILS!
WAS FÜR EINE INSZENIERUNG! DIESE SPEZIALEFFEKTE! GENIE DER WUNDER, IHR SEID ZAUBERHAFT!
IHR SEID GEBOREN, WUNDER ZU BEWIRKEN!
UND DAS WAR NOCH GAR NICHTS! FÜR MEINE NÄCHSTE ERSCHEINUNG HAT ER MIR ETWAS GANZ BESONDERES VERSPROCHEN!
AH JA? ER KÖNNTE DOCH WASSER IN EIN KÖSTLICHES ERFRISCHUNGSGETRÄNK VERWANDELN...
ICH BITTE DICH! GEHT'S AUCH ETWAS WENIGER GROTESK?
JETZT REICHT'S ABER, IHR KLATSCHBASEN! WIR HABEN EINE WERBEKAMPAGNE ZU ORGANISIEREN! **NA LOS, AN DIE ARBEIT!**
WAS DICH ANGEHT... WAS HÄLTST DU VON EINEM KLEINEN BRIEFING IN MEINEN WOHNRÄUMEN?
NICHT JETZT! WIR HABEN EIN WUNDER VORZUBEREITEN, HAST DU DAS SCHON VERGESSEN?
22

EXIT
WAS MACHEN WIR MIT DENEN?
DIE ÜBLICHE PROZEDUR... IN DIE LEICHENHALLE ZUR IDENTIFIZIERUNG! UND VERGISS NICHT, IHRE NAMEN MORGEN IN DIE LISTE DER NEU IN DEN HIMMEL ANGEKOMMENEN EINZUTRAGEN!
DU LÄSST DICH GERNE BITTEN, WAS?
STAGE
STAGE 1
ELENDE, OBSZÖNE HETZERIN! NUR UNWISSENDE MASSEN FALLEN AUF DEINE KLEINEN VORSTELLUNGEN REIN!
DU GLAUBST, DIE MASSEN MIT MEINEN SPEZIALEFFEKTEN MANIPULIEREN ZU KÖNNEN, ABER DIE WAHRE **MACHT** SIEHT ANDERS AUS!

PAPATHEA KANNTE NUR EINE PÄPSTIN... UND EINES TAGES WIRD SIE ZURÜCK-KEHREN!
ACCESS ON
... AGAPE...
WO BIST DU, GELIEB-TE?
24

DER IST ECHT GUT! NA, IMMER NOCH SO BESESSEN?
WARTE, DAS WAR NOCH GAR NICHTS! PASS AUF: ZWEI PFARRER GEHEN IN...
ZZZZ!!

DER HEILIGE ASTROGRILL!
ZZZ... HMM?!
ENDLICH KÖNNEN WIR 'NE PAUSE MACHEN!
... MEINE BEINE SIND SCHON EINGESCHLA- FEN! ICH HOL MEINE JACKE UND DANN GEHEN WIR EINEN TRINKEN.
CHAPEL
80
URGH!
OH!
26

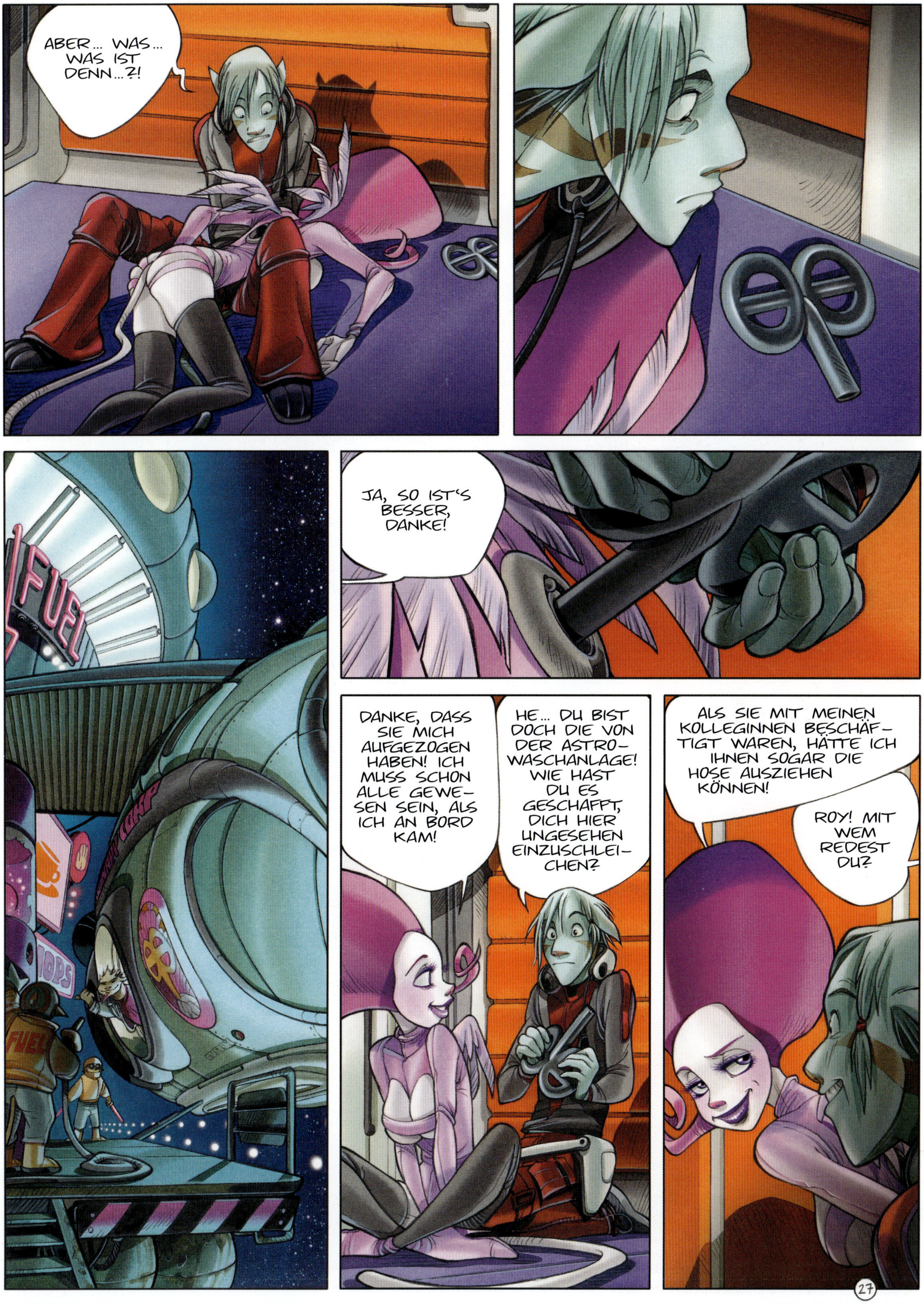

ABER... WAS... WAS IST DENN...?!
JA, SO IST'S BESSER, DANKE!
DANKE, DASS SIE MICH AUFGEZOGEN HABEN! ICH MUSS SCHON ALLE GEWESEN SEIN, ALS ICH AN BORD KAM!
HE... DU BIST DOCH DIE VON DER ASTRO-WASCHANLAGE! WIE HAST DU ES GESCHAFFT, DICH HIER UNGESEHEN EINZUSCHLEICHEN?
ALS SIE MIT MEINEN KOLLEGINNEN BESCHÄFTIGT WAREN, HÄTTE ICH IHNEN SOGAR DIE HOSE AUSZIEHEN KÖNNEN!
ROY! MIT WEM REDEST DU?
27

?
WAS IST DAS DENN?!
ERINNERST DU DICH NICHT? IN DER ASTROWASCH-ANLAGE ...
... NOA!
DU HAST EINE PUPPE GEKLAUT? JA, BIST DU NOCH GANZ DICHT?!
ICH HAB SIE HIER GEFUNDEN! SIE HAT SICH VERSTECKT, ALS ...
EHRLICH GESAGT BIN ICH EHER ABGEHAUEN ...
IST MIR SCHNUPPE! WIR GEBEN SIE IHREM BESITZER ZURÜCK, SOBALD WIR ZU HAUSE SIND! SO EIN MIST!
ICH KANN DOCH GAR NICHTS DAFÜR!
NEIN, BITTE, BRINGEN SIE MICH NICHT ZU DIESEM MONSTER ZURÜCK! SNIF!
JAHU, VIELLEICHT KÖNNTEN WIR ...
NUR ZU DEINER INFORMATION, DIESES SKY-DOLL-MODELL HAT KEINE TRÄNENDRÜSEN.
DU SCHEINST DICH JA ECHT GUT AUSZUKENNEN!
P
BAR
FUEL
LOS, SCHALT SIE AB! WIR GEHEN WAS TRINKEN.
28

... EINE PUPPE AUF DER FLUCHT! ALSO EHRLICH!
ALSO ICH KANN'S GUT VERSTEHEN, DER KERL, FÜR DEN SIE ARBEITET, IST EIN ECHTES SCHWEIN!
store
HOT-DOG
DIESER FETTSACK HAT MICH WIE 'N IDIOT AUSSEHEN LASSEN!
UND GENAU DAS BIST DU AUCH! DU REDEST VON IHR, ALS WENN SIE EIN MENSCH WÄRE!
PFFFF...
WAS...?
DLING!
HALLO, KLEINES WESEN! LANGWEILST DU DICH AUCH?
29

WIR HÄTTEN SIE TROTZ-DEM MIT IN DIE BAR NEHMEN KÖNNEN...
HÖR AUF ZU SPINNEN! DAS IST DOCH NUR EIN STÜCK PLASTIK!
TEQUILA
WHISKY
HE! WO VERSTECKST DU DICH?
DLING... DLING...
JAHU
KEY
30

... UND SIE DIENEN UNS LEDIGLICH ZUR BEFRIEDIGUNG UNSERES NATURTRIEBS, OHNE DIE REINHEIT UNSERER SEELE ZU BESUDELN ...
FRESH
... UND DIE EURES GEWISSENS! IST ES NICHT SO?
WO HAST DU DENN DIE KLAMOTTEN HER?
DEIN PURITANISCHER FREUND HAT VERSTECKTE QUELLEN!
DIESES DUMME DING REDET NICHTS ALS BLÖDSINN! DU SOLLTEST SIE DOCH ABSCHALTEN!
SIE HAT GESAGT ES GEHT NICHT, WENN SIE ERST MAL AUFGEZOGEN WURDE!
LÄCHERLICH!
KEINE PANIK, ICH GEH JA SCHON! UNSERE WEGE TRENNEN SICH HIER. DANKE, DASS IHR MICH BEGLEITET HABT. VON NUN AN BEGINNT FÜR MICH EIN NEUES LEBEN!
WIR KÖNNEN SIE NICHT EINFACH GEHEN LASSEN! SIE WIRD ÄRGER KRIEGEN!
???
KEINE BANGE, SIE WIRD 'NEN ANDEREN GUTMÜTIGEN TROTTEL WIE DICH FINDEN!
BIST DU ES?
BIST DU ES?
ABER ... WAS IST DENN ... ?
... KOMM ...
... KOMM UND ERINNERE DICH!
PRIVATE
31

... DAS MOTIV FÜR DEN MORD AM BESITZER DER ...
SEHR GUT, DANN KÖNNEN WIR JA WEITER ...
VIELLEICHT HAST DU RECHT ...
HEAVEN
... ASTRO-WASCHSTRASSE **HEAVEN** IST WEITERHIN RÄTSELHAFT ...
?
... EIN RACHEAKT WIRD NICHT AUSGESCHLOSSEN. IMMERHIN WURDE DAS OPFER BEREITS DER HEHLEREI UND KUPPELEI BEZICHTIGT.
TRINI TG
EXIT
KOMMST DU, ROY?
HE, WO ...?
ALCOHOLICS
HEY, DU DA! DU HAST HIER NICHTS VERLOREN! VERSCHWINDE!
ICH EMPFANGE NUR NACH VERABREDUNG! HIER IST ALLES FÜR SPEZIELLE KUNDEN RESERVIERT UND DU GEHÖRST NICHT DAZU! RAUS MIT DIR!
OFFICIAL MERCHANDISE
NOA! WAS ZUM ...
OH NEIN! EIN PÄPSTLICHER GESANDTER!

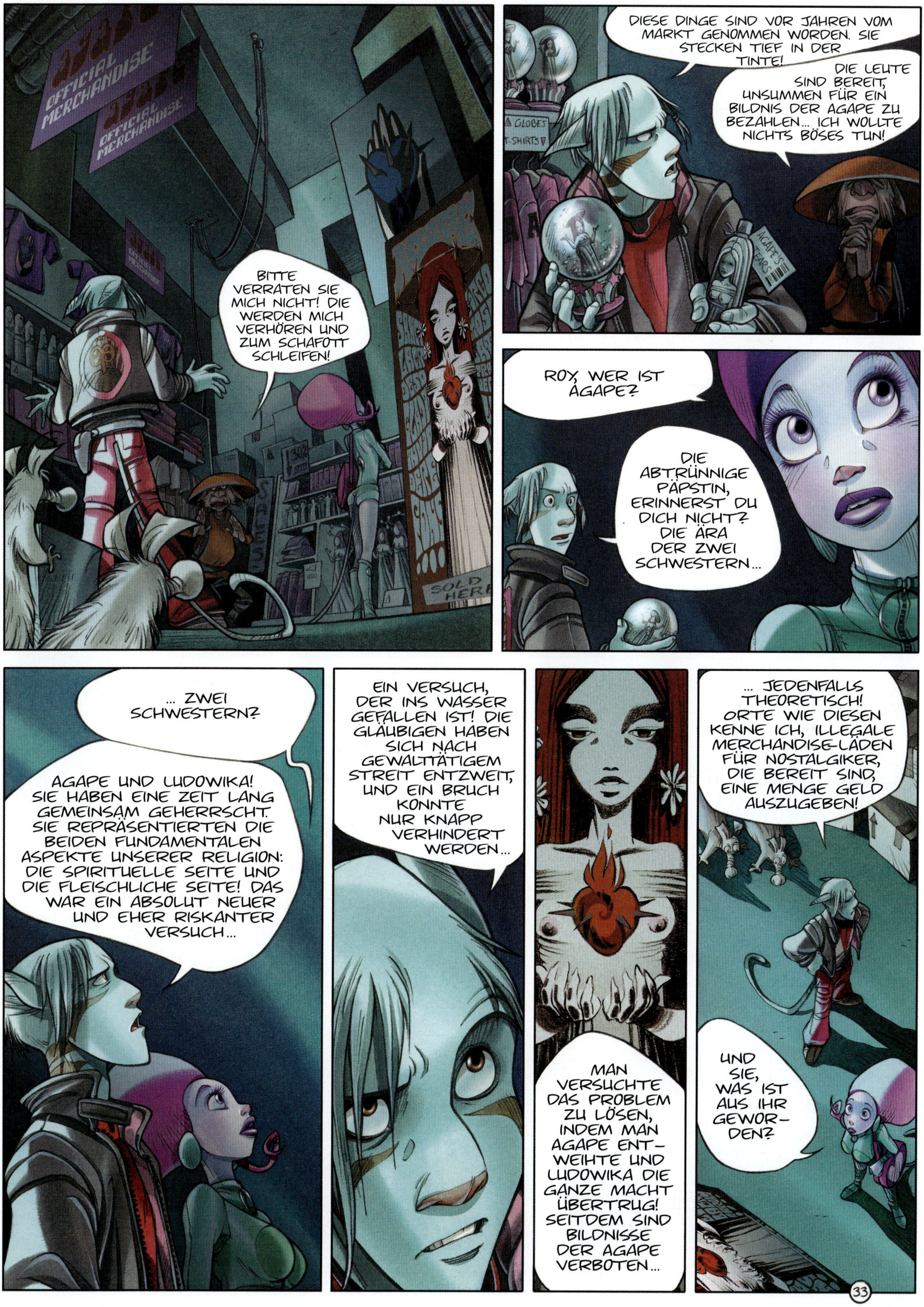
OFFICIAL MERCHANDISE
OFFICIAL MERCHANDISE
BITTE VERRATEN SIE MICH NICHT! DIE WERDEN MICH VERHÖREN UND ZUM SCHAFOTT SCHLEIFEN!
SOLD HERE
DIESE DINGE SIND VOR JAHREN VOM MARKT GENOMMEN WORDEN. SIE STECKEN TIEF IN DER TINTE!
DIE LEUTE SIND BEREIT, UNSUMMEN FÜR EIN BILDNIS DER AGAPE ZU BEZAHLEN... ICH WOLLTE NICHTS BÖSES TUN!
GLOBES
T-SHIRTS
ROY, WER IST AGAPE?
DIE ABTRÜNNIGE PÄPSTIN, ERINNERST DU DICH NICHT? DIE ÄRA DER ZWEI SCHWESTERN...
... ZWEI SCHWESTERN?
AGAPE UND LUDOWIKA! SIE HABEN EINE ZEIT LANG GEMEINSAM GEHERRSCHT. SIE REPRÄSENTIERTEN DIE BEIDEN FUNDAMENTALEN ASPEKTE UNSERER RELIGION: DIE SPIRITUELLE SEITE UND DIE FLEISCHLICHE SEITE! DAS WAR EIN ABSOLUT NEUER UND EHER RISKANTER VERSUCH...
EIN VERSUCH, DER INS WASSER GEFALLEN IST! DIE GLÄUBIGEN HABEN SICH NACH GEWALTTÄTIGEM STREIT ENTZWEIT, UND EIN BRUCH KONNTE NUR KNAPP VERHINDERT WERDEN...
MAN VERSUCHTE DAS PROBLEM ZU LÖSEN, INDEM MAN AGAPE ENTWEIHTE UND LUDOWIKA DIE GANZE MACHT ÜBERTRUG! SEITDEM SIND BILDNISSE DER AGAPE VERBOTEN...
... JEDENFALLS THEORETISCH! ORTE WIE DIESEN KENNE ICH, ILLEGALE MERCHANDISE-LÄDEN FÜR NOSTALGIKER, DIE BEREIT SIND, EINE MENGE GELD AUSZUGEBEN!
UND SIE, WAS IST AUS IHR GEWORDEN?
33

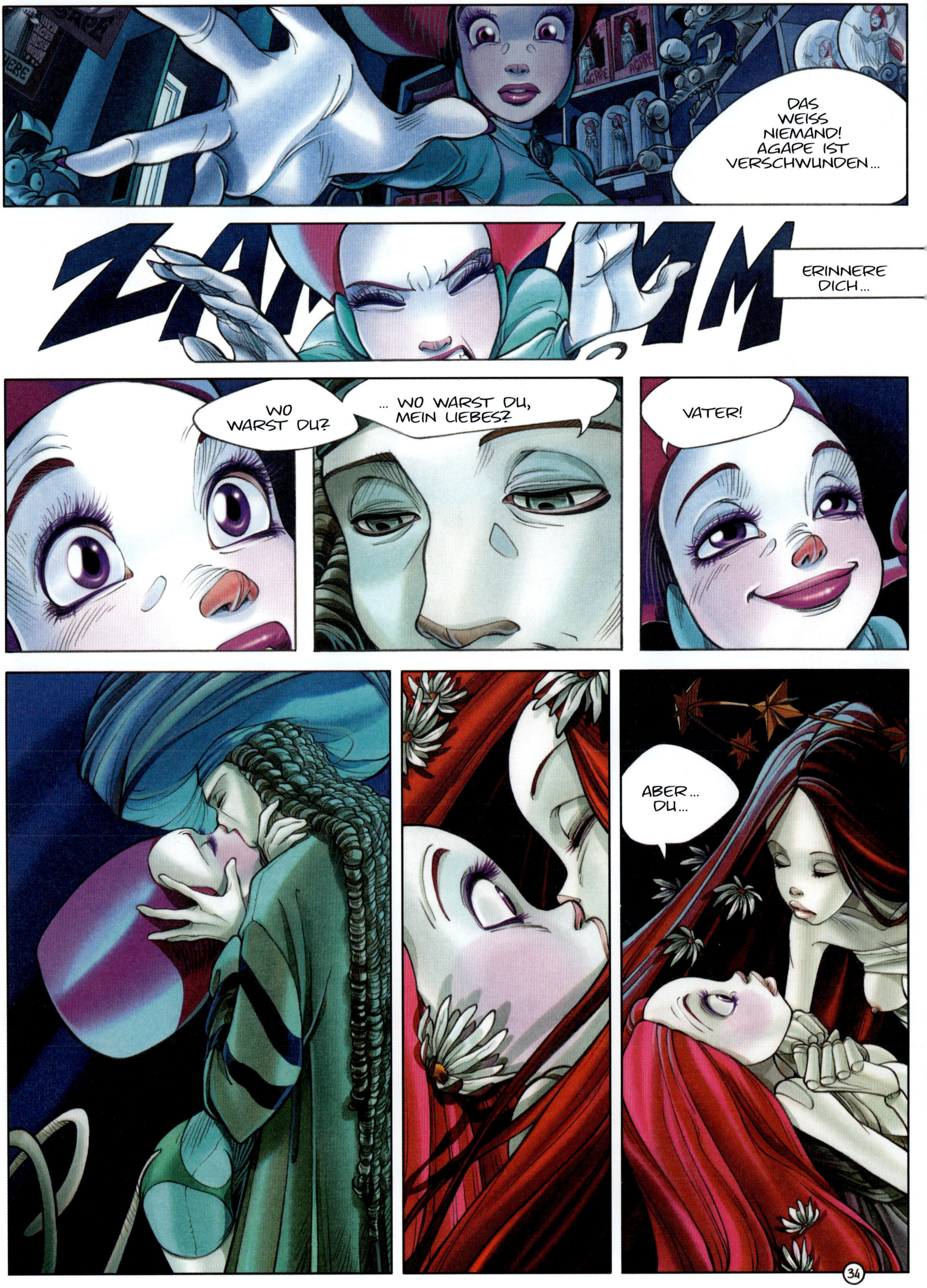
DAS WEISS NIEMAND! AGAPE IST VERSCHWUNDEN...
ERINNERE DICH...
WO WARST DU?
... WO WARST DU, MEIN LIEBES?
VATER!
ABER... DU...

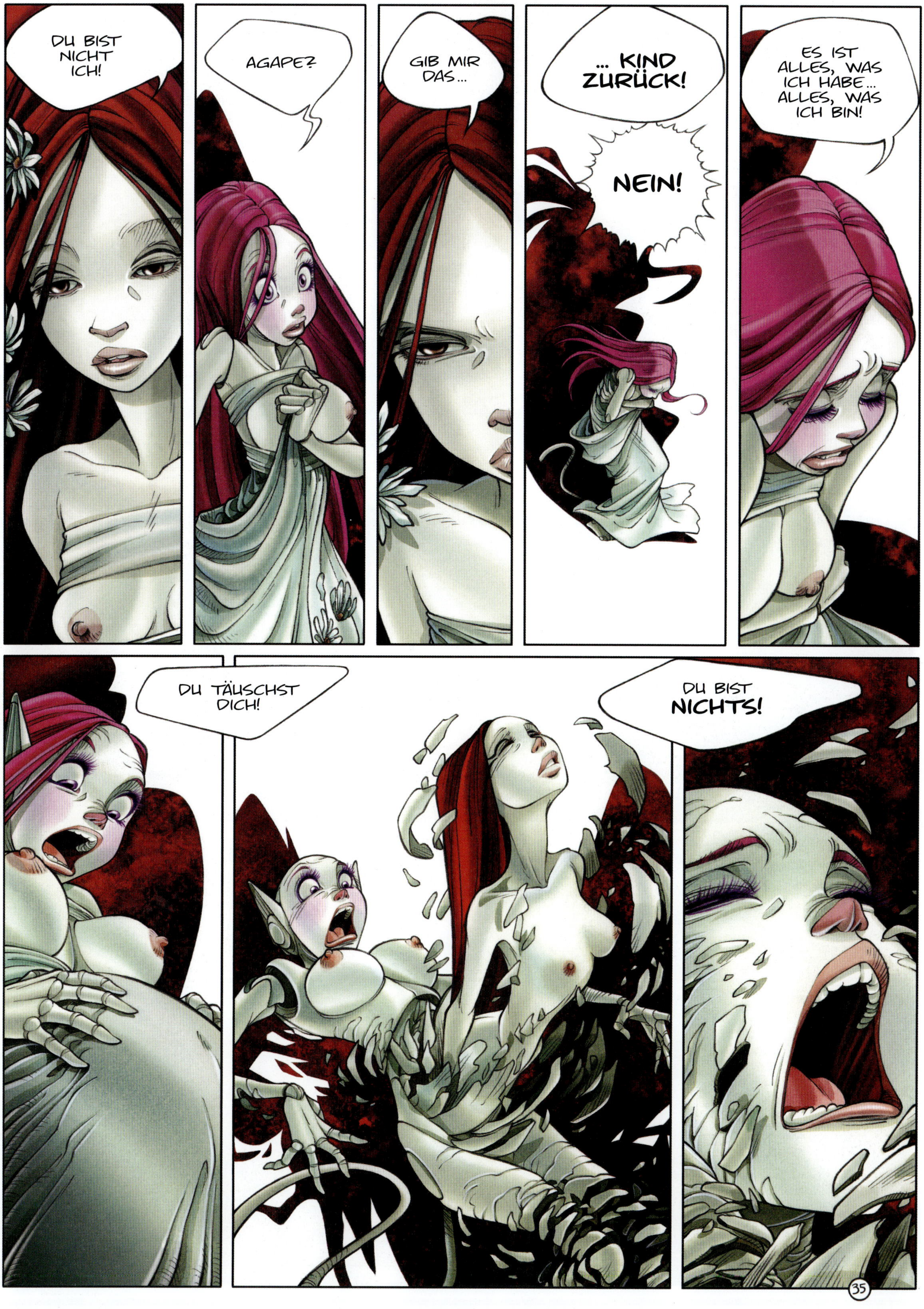
DU BIST NICHT ICH!
AGAPE?
GIB MIR DAS...
... KIND ZURÜCK!
NEIN!
ES IST ALLES, WAS ICH HABE... ALLES, WAS ICH BIN!
DU TÄUSCHST DICH!
DU BIST NICHTS!
35

NEEIIIN!
GEH WEG! LASS MICH!
SIE IST VERRÜCKT GEWORDEN! HALTEN SIE SIE AUF!
KRACK! BLANG!
DA SCHEINT MAN VIEL SPASS MIT DER KLEINEN PUPPE ZU HABEN!
KOMM, GEHEN WIR AUCH HIN!
NOA! BERUHIGE DICH!
MEIN GOTT! ICH ÄRMSTER!
?
?
DAS IST JA...
ENTSETZLICH! DIE KETZERISCHE PÄPSTIN!
EIN LADEN, DER KOMPLETT DIESEM BLASPHEMISCHEN WEIBSBILD GEWIDMET IST!
HE! PASS AUF, WAS DU SAGST, DU BLÖDER LUDOWIKA-ANHÄNGER!
36

AHA, UNTER UNS SCHEINEN ALSO ANHÄNGER DIESER KETZERIN ZU SEIN!
DU ELENDER TERRORIST! GEH ZURÜCK IN DEINEN SCHWEINESTALL!
UND DU IN DEN VON DIESER THRONRÄU-BERIN!
DAS REICHT JETZT! HÖRT AUF, DEN NAMEN AGAPES IN DEN SCHMUTZ ZU ZIEHEN! IHR HABT UNS SCHON LANGE GENUG UNTERJOCHT, GEILE SCHWEINE-BANDE!
STEH AUF, NOA! WIR SOLLTEN UNAUFFÄLLIG VERSCHWINDEN!
... ALLES, WAS ICH HABE... VERSTEHST DU?
37

NOA!
HABT IHR GESEHEN?!
EIN WUNDER!
WO HAST DU DENN DAS GELERNT?
WAS... WAS IST PASSIERT?
DAS IST EIN ZEICHEN DER HEILIGEN AGAPE! SIE HAT DURCH SIE ZU UNS GESPROCHEN!
NEIN, SIE IST ES, SIE IST AGAPE!
UNSER LICHT! DU BIST ZURÜCK!
IHR MACHT UNS KEINE ANGST MIT EURER BLASPHEMISCHEN PUPPE!
RÜHRT SIE JA NICHT AN!
ZURÜCK, IHR GEISTESKRANKEN!
ZERSTÖREN WIR SIE!
KOMISCH, FRÜHER WAR IN JEDER PACKUNG EIN GIMMICK...
?
POTATO
CHIPS
BRUMP
POP POP
39

SOCK
STOMP
GUT… WENN DIE ANWESENDEN HERRSCHAFTEN NUN SO FREUNDLICH WÄREN, SICH ZUM AUSGANG ZU BEGEBEN…
WAS GEHT HIER VOR?
DIE PÄPSTLICHEN WACHEN! ICH BIN VERLOREN!
ROY! HIERHER, SCHNELL!
PRIVATE
STÄNDIG MUSS ICH DIR AUS DER KLEMME HELFEN!
WIR WÄREN BEINAH GESCHNAPPT WORDEN, IST DIR DAS KLAR?!
AUTO PILOTE ON
DAS IST UNSERE ERSTE WICHTIGE MISSION, UND DU SETZT SIE FAST IN DEN SAND! DU UND DIESE VERDAMMTE PUPPE!
WENN DU WÜSSTEST… DAS HÄTTEST DU SEHEN SOLLEN!
39

… IST MIR EGAL! WEISST DU, WAS DIE LEUTE MACHEN, WENN SPIELZEUGE KAPUTTGEHEN? SIE DEAKTIVIEREN SIE! ABER DU NATÜRLICH NICHT!
DU SCHLEPPST SIE WEITER ÜBERALL MIT HIN! DAS IST NICHTS WEITER ALS EIN VERDAMMTES LUST-OBJEKT, MANN!
JETZT REICHT'S ABER!
FÜR WEN HÄLTST DU DICH, MICH SO ABZUURTEILEN?! IHR HABT DOCH EIN PROBLEM! WENN IHR ZU UNS KOMMT, IST ES EINZIG UND ALLEIN NUR DESHALB, WEIL IHR NICHT IN DER LAGE SEID, EINE ECHTE FRAU ZU FINDEN!
ICH BIN SICHER, DASS DICH DEINE LETZTE FRAU AUS FLEISCH UND BLUT SPAZIEREN GESCHICKT HAT!
WARTE! SIE DENKT NICHT SO, WIE SIE REDET!
THUMP
40

HIERHIN GEHÖRST DU! MERK DIR DAS GEFÄLLIGST!
SLAM
SO, UND JETZT SETZEN WIR UNSERE MISSION FORT. MAN HAT UNS EINEN ÄUSSERST WICHTIGEN JOB ANVERTRAUT. WIR SIND HIER NICHT IM URLAUB! MACH DIR DAS ENDLICH KLAR!
41

WAS HAB ICH MIR NUR GEDACHT?
SCHADE, DASS ICH NICHT WEINEN KANN... DAS WÄRE MIR IN SOLCHEN MOMENTEN SEHR NÜTZLICH!
TOC TOC
HIER, DEINE SACHEN... ES IST SEHR KALT HIER.
42

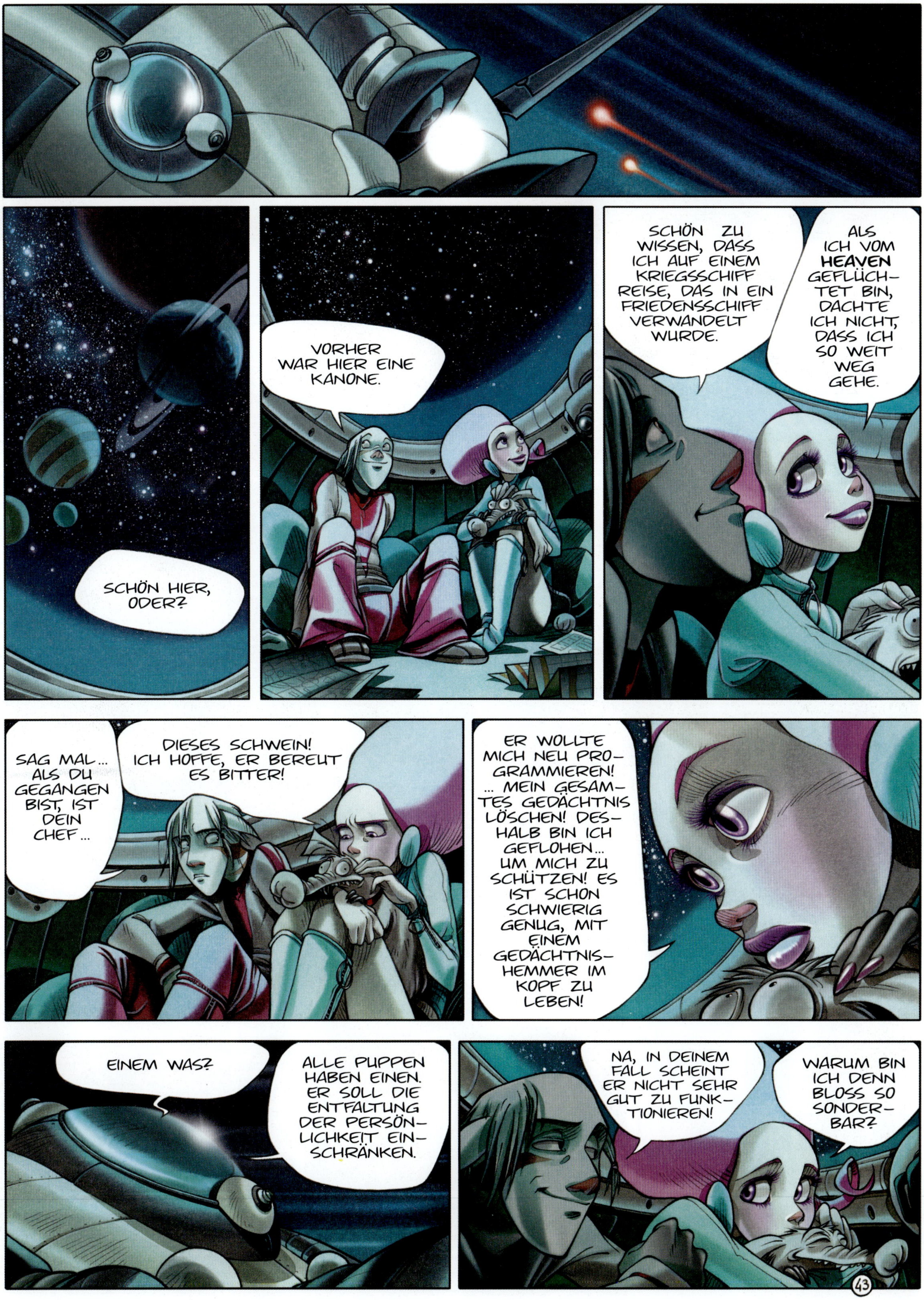
SCHÖN HIER, ODER?
VORHER WAR HIER EINE KANONE.
SCHÖN ZU WISSEN, DASS ICH AUF EINEM KRIEGSSCHIFF REISE, DAS IN EIN FRIEDENSSCHIFF VERWANDELT WURDE.
ALS ICH VOM HEAVEN GEFLÜCHTET BIN, DACHTE ICH NICHT, DASS ICH SO WEIT WEG GEHE.
SAG MAL... ALS DU GEGANGEN BIST, IST DEIN CHEF...
DIESES SCHWEIN! ICH HOFFE, ER BEREUT ES BITTER!
ER WOLLTE MICH NEU PROGRAMMIEREN! ... MEIN GESAMTES GEDÄCHTNIS LÖSCHEN! DESHALB BIN ICH GEFLOHEN... UM MICH ZU SCHÜTZEN! ES IST SCHON SCHWIERIG GENUG, MIT EINEM GEDÄCHTNISHEMMER IM KOPF ZU LEBEN!
EINEM WAS?
ALLE PUPPEN HABEN EINEN. ER SOLL DIE ENTFALTUNG DER PERSÖNLICHKEIT EINSCHRÄNKEN.
NA, IN DEINEM FALL SCHEINT ER NICHT SEHR GUT ZU FUNKTIONIEREN!
WARUM BIN ICH DENN BLOSS SO SONDERBAR?
43

*»... Der reine Geist ist pure Lüge...«* – F. Nietzsche

Ende des ersten Teils

BARBUCCI
+ CANEPA
2001